Suzanne a un truc

Anne Terral

MiNi
SYROS

Mini Syros Romans

Pour Irène

Couverture illustrée par Julia Wauters
© 2014 Éditions SYROS, Sejer,
25, avenue Pierre-de-Coubertin, 75013 Paris
ISBN : 978-2-74-851488-9

CHAPITRE 1

Leçon de choses

D'abord un stylo quatre couleurs. Puis une gomme jaune et mauve, toute neuve. Après, un petit carnet à spirale (je vais écrire quoi dedans ?), et puis aussi une mini-agrafeuse, deux rouges à lèvres pour dame, un foulard à pois, trois boîtes de pastilles à l'anis, quatre briquets (à garder super cachés), un miroir de poche, des timbres rares (même si je n'en fais pas la collection), un cadenas, un petit flacon de parfum *Cocotte n°6* (et c'est vrai que ça cocotte!), six pinceaux de taille différente, cinq tubes de gouache ultrafine, un bâtonnet de fusain, deux barres à croquer, une pince à épiler, de la colle Super Glue-3, un compas cassé…

Je m'arrête là. Ça peut devenir ennuyeux, cette liste de choses. Mais je pourrais continuer encore longtemps. Car les trois grandes boîtes à chaussures où j'ai caché tous ces trésors sont remplies à ras bord. Ça déborde sous mon lit et ça va finir par me couler si je ne trouve pas une autre cachette pour ranger tout ça… Pire que le Titanic!

– Suzanne, on doit y aller, sinon on va rater le début!

– OK, maman! À demain!

La baby-sitter n'est pas encore arrivée, mais mes parents filent en avance, histoire de ne pas manquer la séance de ciné de 20 heures. Et tant pis si je décide de mettre le feu à la maison! On s'arrangera, on repeindra… Mes parents, ils sont toujours pressés!

Je guette par la fenêtre, du haut de mon 7e étage. La baby-sitter habite en face de chez nous et je la verrai bientôt traverser la rue en courant. J'ai ouvert la fenêtre pour respirer le printemps. Ce soir, il pointe le bout de son nez tout vert.

Je regarde les hirondelles qui poussent des petits cris aigus. Elles volent en tous sens, mais pas du tout de la même façon que moi. Dans l'air rose, elles vont très loin avec leurs ailes. Libres, joyeuses, elles n'attendent jamais la baby-sitter toujours en retard. Et elles n'attendent pas non plus ce moment du samedi où j'ai le cœur qui bat vraiment très vite dès que je pousse la porte de la librairie-papeterie-presse-cadeaux de monsieur Lopez.

J'ai chaud, les jambes en chamallow, avec les yeux qui tournicotent (ah, si je pouvais en avoir deux autres sur les côtés et puis trois derrière la tête !). Ma main gauche picote, ma main droite est toute moite. Pourvu que je ne rencontre pas cet ami de papa, le barbu à lunettes, qui me serre toujours la main pour me dire bonjour « comme à une grande », il dit, « parce qu'elle est bien grande, cette petite », il ajoute.

Oui, la petite Suzanne, dix ans, en CM2, c'est vrai qu'elle est grande. Juste assez grande pour tendre le bras au-dessus des tas de crayons qui sentent bon. Juste assez grande pour attraper le stylo plume turquoise qui ressemble aux trois autres qu'elle a déjà. Juste assez grande encore pour le glisser avec habileté dans la manche de son pull, hop ! Un pull noir un peu trop grand d'ailleurs. Très pratique ce pull, je me dis chaque fois. Mon préféré.

Mais au moment où je vais sortir de la papeterie, il y a toujours mon cœur qui, brusquement, se tait, glacé. Glacé par la peur d'entendre une grosse voix derrière moi, la peur de sentir le poids d'une main sur mon épaule, la peur que ma vie d'intrépide ne s'arrête d'un coup. Clac ! Terminée, la rigolade ! Alors, dès que je mets un pied sur le trottoir, sauvée, je réchauffe mon cœur en courant plus vite qu'un guépard échappé du zoo !

La baby-sitter, elle court elle aussi. Je la regarde traverser la rue. Avec elle, je vais manger des pâtes, regarder un peu la télé, puis filer au lit et m'endormir juste au-dessus de mon archigrand secret, celui que personne ne connaît.

CHAPITRE 2

Prise au piège...

—Hé, tu fais quoi là ? T'es gonflée !

Zut, Simon ! Pourtant, j'avais bien vérifié. Tout le monde était descendu en récré, tout le monde jouait au foot, s'échangeait des cartes Zokémou, gloussait... Tout le monde était très occupé, quoi.

Simplement, Simon, il ressemble à un chat. Avec ses cheveux un peu longs qui cachent le coin de ses yeux et lui donnent un air mystérieux, avec son jean fin qui lui fait des pattes de félin, il se faufile partout sans qu'on le remarque, plus discret qu'un matou de Montmartre (Montmartre, c'est mon quartier à Paris).

– Rien, je réponds à Simon. Je fais rien…

– T'es juste en train de fouiller dans ma trousse, mais à part ça, tu fais rien !

– Je cherche une gomme pour effacer quelque chose sur mon cahier, je lui dis. J'ai pas de gomme.

Simon s'approche de ma place et sort de ma trousse une boule vert fluo, la super gomme que mon père m'a rapportée du Japon.

– Ah oui ? Et ça, c'est quoi ? Un gros chewing-gum peut-être ?

Simon me fixe d'un drôle d'œil tordu (je ne sais pas comment il fait ça, c'est son truc à lui), Simon m'énerve. Et moi, j'ai deux feux rouges à la place des joues. Il vient de lire en moi comme à travers mon protège-cahier d'histoire : en une minute, pfft, je suis devenue transparente… Pire que de se retrouver en culotte dans la rue !

– Tu piques dans les trousses, c'est ça ? Pourquoi ? Ils ne t'achètent pas de fournitures pour l'école, tes parents ?

– Si, si, j'ai tout ce qu'il faut, je réponds en baissant les yeux.

– Alors pourquoi tu fais ça ? reprend Simon.

Il insiste. Je sens bien qu'il m'a coincée. Ce garçon est plutôt doué avec ses yeux à rayons ultraperçants… Pas la peine de jouer les innocentes.

– Je sais pas trop, je lui dis. Peut-être parce que j'aime bien me faire un peu peur… J'aime bien sentir mon cœur qui bat plus vite.

– Tu fais ça souvent ?

– De temps en temps…

– Et dans les magasins aussi ?

Hé, mister Détective en toc, c'est bientôt fini cet interrogatoire ou quoi ? Pour qui il se prend ?

– Oui, je réponds, quand je m'ennuie le mercredi ou le samedi… Une ou deux fois par semaine…

Simon ouvre de grands yeux :

– Une ou deux fois par semaine !!! Mais c'est beaucoup ! Tu es une vraie voleuse alors !

Une « vraie voleuse ». Ben voilà, il l'a prononcé, ce mot-là qui ne me plaît pas, mais qui dit peut-être la vérité sur moi : je suis en train de devenir une vraie voleuse et, si ça continue, la police va m'arrêter et je me retrouverai en prison. C'est le risque quand on est une fille qui ne fait pas comme tout le monde, une fille qui a un truc particulier, une fille… unique et rare, oui !

– Et tes parents, ils ne disent rien ?

– Mes parents ? Mais ils ne savent RIEN, mes parents ! Tu vas pas leur raconter quand même ?

Simon sourit. Il refait son drôle d'œil tordu (toujours son même truc…). Ses cheveux, on a envie de les embêter.

Et puis il demande :

– Quand est-ce que tu m'invites chez toi ?

– Jamais ! je réplique, mal à l'aise. J'ai pas envie que tu gaffes maintenant !

– Bon, alors c'est toi qui vas venir chez moi samedi après-midi. Je t'invite ! Je te montrerai ce que je fais. Je ne m'ennuie jamais…

Et Simon repart comme il est arrivé : en redescendant les escaliers sans un bruit, dans son jean fin bleu nuit et sur ses pattes de détective avec coussinets.

Chapitre 3

Passion Picasso

D'abord, il y a un autoportrait du peintre avec son regard triste, puis un arlequin bleu, puis deux arlequins rouges et ensuite des visages de femmes, drôles, un peu de travers, carrés, avec des yeux sur le côté... Aussi des femmes plus rondes qui dansent et font la fête. Ça me fait rire !

C'est un gros livre sur Picasso qui contient toutes ces images. Un livre d'art, dont Simon tourne les pages délicatement, un livre précieux pour lui.

On est assis par terre, sur un plancher couvert de taches de couleur, au milieu d'une pièce immense remplie de tableaux posés sur le sol ou accrochés aux murs. Et il y a aussi des tas de chevalets, des tubes de peinture entamés, des pinceaux dans leur petit pot, qui attendent leur tour. Une belle lumière tombe d'une grande verrière avec vue sur le ciel. J'ai l'impression d'être loin, très loin, alors que ma maison est à deux rues de là, et qu'on est juste au dernier étage d'un petit immeuble de la rue Ravignan, tout près de chez Simon. Mais là, on n'est pas vraiment chez lui.

– On est à côté du Bateau-Lavoir ! Tu sais ce que c'est, le Bateau-Lavoir ? me demande-t-il.

– Pas vraiment…

– C'était l'atelier de Picasso, là où il allait peindre et retrouver ses amis, Guillaume Apollinaire, Paul Gauguin, Amedeo Modigliani, Henri Matisse, Georges Braque…

C'est marrant : Simon compte sur ses doigts tous les amis de Picasso comme s'ils étaient aussi les siens.

– Et ici, en fait, c'est l'atelier de monsieur Paul. Il me donne des cours de peinture.

Monsieur Paul, c'est notre prof de dessin. Simon continue :

– Tous les lundis soir, je raccompagne Sarah, la fille de monsieur Paul, la petite qui est en CP, tu vois ? On est voisins, ça lui rend service. Du coup, en échange, monsieur Paul m'a proposé de m'offrir des cours de peinture. C'est chouette et c'est gratuit !

Le visage de Simon est tout illuminé. Je vois bien qu'il adore la peinture et que c'est ça qui lui fait battre le cœur.

– Pourquoi ? Ça coûte cher, des cours de peinture ? je demande.

– Ben oui, plutôt ! Et puis aussi les pinceaux, la peinture, les toiles ! Monsieur Paul me donne tout ça. C'est depuis qu'il m'a vu un jour en train de regarder des livres sur Picasso à la librairie du bas de la rue, tu sais ?

Oui, je sais. C'est la librairie-jeux-gadgets où j'ai volé trois cartes postales de la tour Eiffel l'autre jour. Mais je ne le dis pas à Simon. J'ai envie de continuer à l'écouter me parler de Picasso. Ça sent tellement bon, dans cet atelier.

– Tu viens souvent ici ?

– Dès que j'ai un moment. Le mercredi, le samedi et même le dimanche parfois. Monsieur Paul m'a donné les clés !

Simon a ses yeux de chat qui pétillent aussi fort qu'une limonade au citron. Moi, à l'intérieur, je me sens toute grise. Je n'ai pas de passion. Je fais juste du sport à l'école, aucune activité à l'extérieur. Ma mère m'a souvent proposé de m'inscrire à la danse, au théâtre, au dessin. Mais ça ne me dit rien ! Je préfère me balader tranquillement et m'amuser à faire disparaître ce qui me chante…

– Alors, maintenant que tu as vu mon coin préféré, tu me montres le tien ?

Simon sourit, énigmatique.

– Mais je n'ai rien à montrer, moi ! je lui réponds. Je ne peins pas, je ne fais rien de spécial !

– T'as bien une grande collection de trucs et de machins, non ? Je parie qu'elle est cachée sous ton lit.

Simon est le garçon le plus têtu que je connaisse… et manque de bol, il est aussi futé qu'un matou !

CHAPITRE 4

Trucs et machins

– **M**ais c'est fou tout ce que tu as là !!!
– Chuuuut !!!

Je fais signe à Simon de baisser la voix et je ferme la porte de ma chambre. Ma mère téléphone et mon père est encore en voyage dans un pays où je n'irai jamais.

Simon a déversé sur la moquette toutes mes petites richesses à moi, et je ne suis pas à l'aise.

– Allez, range vite, faudrait pas que ma mère arrive…

Simon ne m'écoute pas : il classe les stylos d'un côté, les bonbons de l'autre, les carnets à gauche, les timbres à droite…

– Suzanne, j'ai une idée trop bien ! Et si on organisait un grand troc ? On dit à nos copains et voisins d'apporter des babioles qui traînent chez eux, des stylos dont ils ne veulent plus, des livres aussi et des objets qu'ils n'utilisent jamais, et après, on fait des échanges et tu pourras te débarrasser de tout ça ni vu ni connu ! Ça te soulagerait, non ?

Me soulager ? Mais pour qui il se prend, Simon ? Ce n'est pas mon médecin et je n'ai pas besoin d'être soulagée, je ne suis pas malade ! Il commence à m'énerver à la fin...

– Bof, je sais pas trop, je réponds.

Pourquoi je ne lui dis pas ce que je pense vraiment ? Pourquoi je ne lui dis pas que tous ces « trucs et machins », tels qu'il les appelle, sont un peu mon trésor de guerre et que j'y tiens beaucoup, comme un pirate chérit toutes ses pièces d'or, même s'il les a enterrées sur une île qu'il ne retrouve plus lui-même !

Simon insiste :

– Allez, ce serait super, Suzanne ! On passerait un chouette moment et en plus, on récupérerait des choses qui nous plairaient vraiment. Déjà, tous ces

pinceaux et ces tubes de gouache m'inté-
ressent ! Contre quoi tu m'échanges ça ?

– Euh, je sais pas… Je n'ai pas une
passion, comme toi. Je vois pas trop
ce qui me plaît à part… à part prendre
tout ça…

Tous mes « trucs et machins » sont éta-
lés, inertes, sur la moquette. Le foulard à
pois me fixe d'un air mauvais et la boîte
de cachous, de ses dents noires, me rit
au nez…

Simon ouvre de grands yeux :

– Je suis sûr qu'il y a des choses que tu
adores faire, mais là, tu ne trouves pas
d'idées, voilà !

Simon avec ses cheveux fous. Simon
avec son regard moqueur, entre le renard
et le fennec. Simon avec sa volonté de

me sortir de ma petite prison de voleuse en mal de sensations fortes. Simon avec ses mains qui touchent les trois pinceaux que j'ai pris au petit Carrefour du coin après les avoir sortis de leur emballage…

Et ce jour-là, j'ai cru que j'allais y passer, au commissariat de police ! Surtout quand ils m'ont demandé d'enlever mon anorak après les caisses et qu'ils ont fouillé mes poches. Allez, ma petite ! Simplement, je les avais glissés dans la manche de mon pull, ces trois pinceaux, une fois encore dans ma manche de magicienne. Alors, après leurs questions restées sans réponse, c'est la tête haute que je suis sortie du supermarché, avec une plaquette de beurre pour ma mère et des Choconoix pour moi, un point c'est tout !

– Alors, on le fait, ce grand troc, Suzanne ?

Simon insiste avec son petit air de rien.

– OK, t'as gagné, je lui dis. Mais on fait ça bien, avec des affiches et tout ?

– Tope là ! s'exclame Simon. C'est parti !

Alors Simon et moi, on a préparé des affichettes :

GRAND TROC AUX TRUCS
Le samedi 7 juin, de 10 heures à 18 heures
rue Durantin-rue Ravignan

Apportez tous les trucs
que vous ne voulez plus !
Et échangez-les contre tous les trucs
que vous voulez !

Au-dessus du texte, Simon a dessiné comme un plan de notre quartier vu d'avion, avec des petites tables alignées sur les trottoirs des rues qu'on a choisies avec la dame de la mairie du 18e arrondissement. Elle en a mis du temps à nous trouver une date, à voir avec nos parents, à réunir les autorisations nécessaires. Mais on y est arrivés ! Monsieur Paul nous a permis d'utiliser la formidable photocopieuse couleur de l'école et on a imprimé nos affiches et aussi plein de prospectus.

Samedi 31 mai. Plus qu'une semaine avant le grand jour : on va distribuer tous nos *flyers* dans les boîtes aux lettres du quartier. Je suis contente de faire ça avec Simon. On s'entend de mieux en mieux.

– Tiens, salut Lili ! dit Simon devant la boulangerie verte.

Lili, c'est une fille de notre classe que j'ai toujours trouvée un peu gnangnan et puis aussi un peu amoureuse de Simon.

Ce dernier lui sourit :

– Tu viens nous aider ?

À ces mots, Lili ne se sent plus de joie, elle ouvre une large bouche molle et laisse tomber sa voix :

– Je veux bien, Simon, c'est cool ! Vous faites quoi ?

– On distribue le courrier, la poste est en grève, je lui réponds.

– C'est cool ! J'adore jouer au facteur !

Simon me lance un clin d'œil. J'ai marqué un point. Mais Simon est un garçon gentil. Un peu trop gentil-gentil parfois.

– Non, Lili, en fait on distribue des pubs pour le Grand Troc aux Trucs qu'on organise avec Suzanne samedi prochain.

Lili n'écoute même pas et glisse au moins trois prospectus sous la porte vitrée de la boucherie encore fermée.

Je suis furieuse :

– Hé, ne gaspille pas, Lili, un seul prospectus suffit !

Lili me fixe avec des yeux ronds : elle vient de réaliser que j'existe ou quoi ? Pas cool du tout, le pot de colle !

C'est donc à trois que nous continuons notre parcours dans Montmartre. Et rue Lepic, voilà que Lili se tord le pied sur un pavé, et rue Durantin, voilà que Lili a faim, et rue Ravignan, voilà que Lili a perdu son affreux bracelet brésilien... Et pendant tout ce temps, Simon est attentionné avec elle. « Oui, on va chercher ton bracelet, viens, on va acheter un croissant, faisons une pause, Lili... » Ridicule, non ? Et pendant tout ce temps, Lili ne cesse de regarder Simon avec des yeux qui clignotent aussi vite que le manège Mickey de la place des Abbesses... Encore plus ridicule !

En rentrant chez moi à la fin de la journée, j'ai le cœur qui bat vraiment plus vite, je me sens en colère, je claque la porte de ma chambre, et je voudrais disparaître sous mon lit avec tous mes trucs et mes machins, et je voudrais oublier Simon, ce trop gentil-gentil garçon !

CHAPITRE 5

Le Grand Troc aux Trucs

Mais le jour du Grand Troc aux Trucs est là et le soleil qui inonde les petites rues de notre quartier me rend joyeuse!

Tout le monde a sorti des tables, des chaises, des tissus sur le trottoir, et chacun a disposé ses babioles, ses livres, ses vieux disques, ses montres sans bracelet, ses bêtises à mémé, tout son bric-à-brac du fond des tiroirs…

– Où sont tes sacs, Suzanne ? me demande Simon en me voyant arriver les mains dans les poches de mon blouson.

Il a étalé au sol un tissu coloré sur lequel il a placé quelques-unes de ses aquarelles, une vieille collection de voitures miniatures, et puis des tas de jeux de cartes.

Je sors une grande enveloppe de sous mon blouson. Et hop !

Simon fronce les sourcils, étonné.

– C'est quoi, ça ?

Il tourne et retourne l'enveloppe, l'ouvre et découvre à l'intérieur une dizaine d'enveloppes plus petites.

– Regarde, je lui dis tout en les ouvrant : *Bon cadeau pour un cours de scoubidous. Bon cadeau pour un cours d'origami. Bon cadeau pour une recette de gâteau*

choco à quatre mains. Bon cadeau pour
un petit air d'harmonica. Bon cadeau
pour une heure de lecture à domicile…

– Super, ton idée ! s'exclame Simon.
Tu vois que tu sais faire plein de choses !

Il ajoute :

– Et tu as aussi apporté tous tes trucs
et machins, j'espère ?

– Non, je lui réponds. J'ai rien apporté.
T'imagines si les copines avaient reconnu
leurs gommes ou leurs taille-crayons ?
Et si le papetier avait vu le stylo plume
tout neuf que je lui ai pris l'autre jour ?
Je ne pouvais pas faire ça…

Simon me fixe de son air si spécial :

– C'est vrai, Suzanne, je n'avais pas
réalisé. Et ton idée de bons cadeaux est
extra en plus !

Toute gaie, je dispose mes petites enveloppes sur le tissu et quand une dame en noir s'approche, se penche, décachette une enveloppe et lit : *Bon cadeau pour un cours d'origami*, je deviens écarlate !

– Petite demoiselle, me dit-elle d'une voix cassée, vous savez faire des origamis, ces petits pliages japonais ? Je cherche une idée de cadeau original pour ma petite-fille de cinq ans... Si vous veniez pour sa fête d'anniversaire et montriez aux enfants des pliages faciles ? En échange, je vous donnerai un petit cours de... euh... voyons... un petit cours à ma façon... Cela vous irait ?

Génial ! Je ne sais pas du tout ce qu'est un cours « à sa façon », mais je verrai bien. Rendez-vous est pris pour le samedi suivant. Quand soudain, je vois Lili qui s'avance, les yeux rivés sur Simon :

– Salut Simon ! Tu viendras voir mon stand juste en face ?

Et voilà que Simon ne se fait pas prier et suit Lili, comme un chat une souris. Et le chat, il reste plus d'une heure sur le stand de la souris ! Une heure entière à rire et à regarder tous les vieux trucs de cette fichue Lili qui pourrit ma planète !

Finalement, est-ce que les garçons trop gentils ne sont pas les pires garçons qui soient ?

Simon a fini par revenir sur notre tissu à nous et moi, j'ai échangé plein de bons cadeaux contre plein de choses chouettes : un cours d'accordéon, une heure de danse africaine, une coupe de cheveux gratuite… Mais en fin d'après-midi, je rentre à la maison avec le cœur plus lourd qu'une montagne. Sur le chemin, j'enrage en pensant à Simon et Lili.

Alors je m'arrête devant la librairie-papeterie-presse-cadeaux de monsieur Lopez. Et je pousse la porte de la boutique.

CHAPITRE 6

Pas de cadeau

Deux semaines après, dans la douceur d'un dimanche qui sent déjà l'été et les vacances, on est assis, Simon et moi, sur notre banc préféré près du Bateau-Lavoir. On observe les passants qui flânent.

– Tiens, bonjour madame Clara! On se voit ce soir pour mon petit cours?

– Bien sûr, Suzanne. À 18 heures chez moi. Et j'ai une nouvelle chose à te montrer…

Je souris. Madame Clara fait des mystères. Elle s'éloigne à petits pas.

– C'est la dame en noir qui t'avait demandé de faire des origamis, pas vrai? C'est quoi, ce cours qu'elle te donne? me demande Simon.

– Je t'en parlerai plus tard… En échange, je lui lis de la poésie maintenant, car ses yeux sont fatigués.

Je regarde le profil de lynx de mon ami. Il s'amuse à distinguer au loin les monuments de Paris noyés dans la brume matinale.

– Là, il y a les Invalides, bien dorés! Et là-bas, c'est Notre-Dame!

– Tu crois que Picasso s'asseyait parfois sur ce banc? je lui demande.

– À coup sûr, affirme Simon. On a une de ces vues!

– Et tu crois qu'il peignait avec ça?

Et hop! Voilà que je tends à Simon un beau pinceau que j'avais caché sous mon tee-shirt. Son manche brille comme de l'eau noire.

– C'est un pinceau en bois d'ébène, avec des poils en martre rouge. Tu peindras des chefs-d'œuvre avec ça, Simon! C'est mon cadeau pour te remercier d'avoir organisé ce génial Troc aux Trucs.

Simon ne dit rien. Il fixe le pinceau. Ses yeux ne sont plus qu'un trait fin. Il a l'air gêné.

– C'est gentil, Suzanne, mais ton cadeau, je ne l'accepte pas. Tu l'as piqué, non?

Je rougis.

– Oui, je l'ai piqué. Et j'ai pris des risques ! Je voulais te faire plaisir. C'est rare et c'est unique, ce que j'ai fait là pour toi. C'est pas Lili qui réussirait une chose pareille !

Je me lève, mes yeux brûlent de colère, je tremble comme un petit volcan, mais je ne sais pas vraiment si je suis en colère contre Simon ou contre moi-même.

Silence sur le banc de Picasso. Simon ne répond pas et regarde au loin. J'ai tout gâché. Envie de pleurer. Chaud bouillant. Glisser sous terre, là, par ce petit trou dans le caniveau, filer là où il fait frais, juste sous la place du Bateau-Lavoir, être à l'abri du monde, et qu'on me laisse enfin tranquille !

– Suzanne, dit Simon, moi aussi, j'ai envie de t'offrir quelque chose. Mais je vais chercher quelque chose qui ne s'achète pas. Tu ne voudrais pas trouver un truc qui ne se pique pas, toi aussi ? Un truc que tu inventes ?

– Impossible, je murmure, à bout de souffle et de ressources.

– N'oublie pas que tu as des tas d'idées, ajoute Simon. Tu l'as joliment prouvé le jour du Grand Troc !

Et me voici encore piégée ! Piégée par un chat trop curieux. Trop curieux d'une fille qui ne demandait qu'à filer au fin fond du ventre de Paris. Trop curieux de Suzanne, petite voleuse volcanique et en plus, c'est le bouquet, un peu amoureuse ou quoi ? Si je m'attendais à ça…

CHAPITRE 7

Et hop !

Ras-le-bol ! Ras-le-bol à ras bord de ces boîtes qui débordent et finiront par envahir ma chambre ! Bientôt, mon lit ne sera plus qu'un radeau sur un océan de bidules et de machins inutiles. *Suzanne, la célèbre pirate de Montmartre, a péri noyée sous des vagues d'objets volés ! Ainsi s'est achevée sa courte vie sur terre (et sur mer !) !* Trop bête, non ? Alors à bâbord toute !

Et hop! D'abord, tous les stylos! Retour à la case départ dans vos pots colorés! Parfait, ni vu ni connu...

Puis les rouges à lèvres, un ici, un autre là. Au revoir, bonne journée, madame!

Ce petit bloc à dessin va retourner sur ce rayon, entre les classeurs et les cahiers à grands carreaux, juste ici... Et ce carnet, pfft, sous les enveloppes format A4!

Bonjour, bonsoir, euh, je ne fais que passer par ici...

Et puis cette gomme à la fraise, je vais discrètement la remettre demain dans la trousse de Charlotte! Elle ne va rien y comprendre!

Oui, en quelques rues et quelques entrées et sorties dans les magasins de

mon quartier, voilà que je fais réapparaître chez chaque commerçant chacun
des objets que je lui ai pris, comme une
magicienne à l'envers ! Ça me prend du
temps, mais ce n'est pas compliqué finalement et je suis plutôt douée. Quelle
légèreté après ça… J'ai l'impression de
voler bien plus haut qu'une hirondelle !

Alors quand Simon et moi, on se
retrouve après la classe sur notre place
favorite, je me sens aussi gaie que l'air
rose qui danse autour de nous !

– Qu'est-ce qui se passe, Suzanne ?
demande-t-il. On dirait que tu viens
d'avaler un croissant aux bulles !

– Il se passe que j'ai trouvé un truc !
C'est un cadeau pour toi, mais c'est aussi

un cadeau pour moi je crois. Assieds-toi et regarde. Picasso lui-même n'a jamais vu ça!

Et hop! Je sors de mon cartable une baguette et un petit chapeau noir. Et aussi des foulards, des cartes à jouer, des cordelettes! Une minute de concentration, quelques mouvements habiles, et c'est un incroyable petit spectacle de magie que j'exécute devant Simon. Je savais que j'étais douée pour faire disparaître des choses dans la manche de mon pull, mais je n'aurais jamais cru pouvoir les faire réapparaître d'un petit coup de baguette! C'est madame Clara, en digne héritière de son prestidigitateur de père, qui m'a appris tout ça en trois cours à peine. Je suis plutôt fière de moi.

– Génial ! s'exclame Simon en applaudissant. Ça y est, tu as trouvé ton truc à toi : Suzanne la magicienne de Montmartre !

Et quand Simon, avec son air gentil-gentil, ce qui, finalement, est plutôt unique et rare, me tend une petite toile qu'il a peinte à l'aquarelle, les toits de Paris vus depuis notre banc préféré, j'ai le cœur qui bat vraiment plus vite, oui. Et ça me fait du bien de le sentir battre uniquement pour cette raison-là. Tout joyeux, tout libre, en plein vol...

L'auteur

Anne Terral est née sous un arbre dans la campagne toulousaine, et ce paysage lui a inspiré les trois romans qu'elle a écrits pour les adultes. Puis sont apparus plusieurs albums pour la jeunesse (dont *Comme ci ou comme ça* publié chez Syros), et une envie toujours plus grande de raconter les vrais frissons et formidables libertés de l'enfance. Comme Suzanne, elle aime se balader dans Montmartre, regarder les hirondelles, découvrir des trucs magiques et avoir le cœur un peu secoué…

Dans la collection «Mini Syros Romans»

Un amour de poule
Claudine Aubrun

*Le Magot
des dindons*
Claudine Aubrun

La Balle de match
Roland Fuentès

Dépêche-toi, tonton!
Roland Fuentès

Tonton Zéro
Roland Fuentès

Mon p'tit vieux
Jo Hoestlandt

*Le Petit Napperon
rouge*
Hector Hugo

*Un marronnier
sous les étoiles*
Thierry Lenain

Allô Jésus, ici Momo
Éric Simard

La Valise oubliée
Janine Teisson

*Je suis amoureux
d'un tigre*
Paul Thiès
(sélectionné par le ministère
de l'Éducation nationale)

Le Voleur de bicyclette
Leny Werneck

*Livraison d'amoureux
à domicile*
Cathy Ytak

Mise en pages: DV Arts Graphiques à La Rochelle.
Achevé d'imprimer en décembre 2013
par Clerc (18200, Saint-Amand-Montrond, France)
N° d'éditeur: 10200228 – Dépôt légal: janvier 2014
N° d'impression: 13848